DISCOURS

PRONONCÉS

DANS L'ACADÉMIE

FRANÇOISE,

Le Lundi XIII Mai M. DCC. LXXI.

A LA RÉCEPTION

DE M. L'ABBÉ ARNAUD.

A
L'IMMORTALITÉ

A PARIS,

Chez la V. Regnard & Demonville, Imp. de l'Académie Françoise, au Palais, à la Providence, & rue baſſe des Urſins.

M. DCC. LXXI.

De la part de M. l'Abbé Arnaud.

M. l'Abbé ARNAUD ayant été élu par Messieurs de l'Académie Françoise, à la place de M. DE MAIRAN, y vint prendre séance le Lundi 13 Mai 1771, & prononça le Discours qui suit.

MESSIEURS,

JE sens vivement le prix de la grâce que vous me faites en m'élevant jusqu'à vous. Je n'examinerai point les motifs qui vous ont engagés à remplir un vœu qu'à peine j'osois former ; & par respect pour vos suffrages, je ne vous montrerai d'autres sentimens que ceux de ma reconnoissance.

En effet, à quoi pourrois-je devoir une distinction si flatteuse ? Seroit-ce à quelques idées conçues &

jetées avec rapidité dans deux Ouvrages fucceffivement entrepris pour faire paffer dans notre Littérature une portion des richeffes de la Littérature étrangère ? Si la juftice que je rends à mes foibles travaux ne me défendoit pas de me livrer à cette idée, qu'il me feroit doux de l'adopter ! Elle me rappeleroit néceffairement que ces travaux furent partagés par un Homme de Lettres, qui dès long-temps partage tout avec moi.

Pardonnez ce mouvement à un ami fenfible, MESSIEURS. Je parle dans un Temple dont l'amitié elle-même pofa les premiers fondemens. C'eft ici que des Sages réunis par les mêmes principes, les mêmes goûts & les mêmes vues, moins fiers de leur propre mérite que du mérite de leurs Confrères, plus fenfibles au doux commerce du cœur qu'au commerce brillant de l'efprit, viennent refferrer les nœuds & recueillir les avantages de leur union, de leur amitié, de ce fentiment vertueux & durable qui ne fait ni flatter, ni feindre, ni s'alarmer, ni s'aigrir ; qui lève nos incertitudes, développe & raffermit nos idées, diminue nos peines, ajoute à nos plaifirs ; qui étend, qui agrandit notre exiftence & nous la rend plus chère. O vous, dont l'ame aride ou fuperbe refufe de s'ouvrir à la douce & tendre amitié, vous qui croyez pouvoir vous fuffire à vous - mêmes, ah! combien vous gémirez d'avoir à porter tout le poids de vos irréfolutions & de vos projets, de vos craintes & de vos efpérances, de vos profpérités & de vos revers! Condamnés à voir vos jours s'écouler ou dans les tourmens d'une agitation violente, ou, malgré la foule dont vous ferez environnés, dans les ennuis de la folitude, vous mourrez, fans obtenir, fans répandre la plus confolante & la plus délicieufe des larmes; Malheureux! vous n'aurez parcouru que les écueils & les déferts de la vie.

Auffi les talens même les plus diftingués, les fuccès même les plus éclatans, ne fuffirent - ils jamais, MESSIEURS, pour déterminer vos fuffrages. Vous n'aimez à arrêter vos regards que fur celui qui, réuniffant au don de fentir, à l'exercice de la penfée & à l'art d'écrire, une ame fimple & élevée, loin de dégrader fes rivaux, loin même d'humilier l'ignorant en lui faifant fentir le poids d'une fupériorité toujours révoltante, fait cacher ou diffimuler fes forces pour les rendre plus utiles; qui, n'oppofant aux traits de l'envie & de la fatire que l'honnêteté de fes mœurs, de fes principes & de fes oüvrages, rend en quelque forte aux Lettres la confidération qu'il en reçoit; qui, pénétré d'un refpect profond pour la vérité, & d'un fentiment vif pour

les Lettres & les Arts, voüe üne admiration fans ré-
ferve & une reconnoiffancé fans bornes au Philofophe, au Poëte, à l'Orateur, à l'Artifte, à tous ces
Hommes enfin dont les productions, foit qu'elles
épurent nos idées, foit qu'elles en étendent la fphère,
foit qu'elles multiplient les fenfations agréables,
concourent également au bonheur de l'humanité.

A ces traits, MESSIEURS, vous reconnoiffez
fans peine l'Homme célèbre à qui j'ai l'honneur de
fuccéder.

M. de Mairan, né avec des goûts vifs, mais avec
des paffions douces, trouvoit dans fon caractère,
même au temps de fa jeuneffe, une modération que
le Philofophe n'obtient pas toujours de l'expérience
& de la réflexion. Il fut admis & chéri dans les meil-
leures fociétés ; fes connoiffances parées d'un tour
d'efprit agréable, & d'une politeffe noble, facile,
attentive, lui valurent une confidération qui l'ac-
compagna toute entière jufqu'à la fin de fes jours ;
fon langage, fon maintien, fon air, refpiroient une
dignité fimple qui fit toujours refpecter fa perfonne,
& dans fa perfonne l'Homme de Lettres & les Lettres elles - mêmes. Jamais il n'apporta dans le monde
ce ton dogmatique & tranchant qui feroit haïr jufqu'à la raifon & à la vérité. Si l'on avançoit une erreur,
une abfurdité, loin de montrer du mépris, de l'in-

dignation, il n'avoit pas même l'air de la furprife ; il répondoit avec douceur, & toujours avec fuccès : on fert plus utilement la vérité en l'infinuant avec adreffe, qu'en la faifant fentir avec force. M. de Mairan confoloit l'ignorance, lors même qu'il la combattoit. Jamais il n'affecta d'étaler les richeffes de fon favoir, & jamais il ne dédaigna de les communiquer. Autant il aimoit la difcuffion, autant il abhorroit la difpute. Tout ce qui fortoit de fa bouche empruntoit de fon accent je ne fais quoi de piquant & d'agréable ; à peu près comme une parure étrangère femble ajouter à la beauté, à la grâce, en fixant plus particulièrement les regards & l'attention. Affocié à prefque toutes les Académies de l'Europe, il eut avec les Savans Etrangers une correfpondance que fes lumières & fa politeffe accroiffoient de jour en jour. Son commerce épiftolaire s'étendit jufqu'au fond de la Chine, de cet Empire étonnant qui doit à l'immobilité de fes mœurs d'être refté feul debout au milieu des ruines de tant d'Empires. Les Lettres & les Arts rempliffoient les momens qu'il n'accordoit pas à des études plus graves & plus févères. Il aima beaucoup la Mufique, & non content d'en cultiver l'art, il en approfondit la fcience. Le Recueil de l'Académie des Belles-Lettres eft enrichi d'un de fes Mémoires, où une érudition choifie & difpenfée avec goût, vient, sans affectation, sans effort, à l'appui d'une idée fine & heureuse. Chargé de crayonner les éloges de ses Confrères de l'Académie des Sciences, il fut plaire & intéresser, même après M. de Fontenelle auquel il succédoit. Ses Ouvrages sont écrits avec beaucoup de clarté, de précision & souvent même d'élégance. On y remarque toutes les propriétés du style philosophique, style que je comparerois volontiers à une eau tranquille qui coule avec majesté dans un lit profond. Sa probité ne se démentit jamais; & quand il ne l'auroit pas eue au fond du cœur, il auroit pu la devoir encore à cet esprit supérieur d'ordre & de raison qui régla constamment toutes ses démarches; mais il la sentoit vivement: *Un honnête homme*, disoit-il, *est celui à qui le récit d'une bonne action rafraîchit le sang.* Cette expression, toute familière qu'elle est, m'a paru mériter d'être recueillie: le sentiment ne s'énonce jamais d'une manière plus vraie, plus persuasive que lorsqu'il prend les couleurs & la forme d'une sensation. Enfin M. de Mairan eut des succès & n'excita point l'envie. Il ne perdit aucun ami, & ne fut l'ennemi de personne. Il parcourut une longue carrière sans éprouver ni les tourmens de l'ame, ni les peines du corps, & sa mort fut tranquille & douce comme le système entier de sa vie.

En

En venant s'affeoir parmi vous, Messieurs, M. de Mairan reçut la récompenfe légitime de fes travaux & de fes fuccès; & moi, j'ai votre choix à juftifier.

Sans doute, du moins aimé-je à me le perfuader, le rang où vous m'élevez, je le dois en grande partie à l'honneur que j'ai d'appartenir à une Compagnie favante & célèbre, qui naquit dans votre fein, & dont les travaux font tant d'honneur à fon origine.

Admis dans cette fociété d'Hommes particulière-ment dévoués à l'étude des Anciens, j'obfervai plus attentivement que jamais le caractère, la marche, les mouvemens, les propriétés des Langues favantes; & comparant vos chef-d'œuvres avec ceux de l'anti-quité, je conçus quelques idées, dont j'oferai vous expofer rapidement la fubftance.

Il y a eu un Peuple fier & poli, favant & guer-rier, paffionné pour la gloire & pour le plaifir, qui par le haut degré d'excellence où il porta tous les Arts, condamna les âges fuivans à l'éternelle nécef-fité de l'imiter, & au défefpoir de le furpaffer jamais.

L'Athénien, difpofé aux émotions douces avant même qu'il vit le jour, par le foin qu'il falloit avoir de n'offrir aux yeux d'une mère enceinte que des ob-jets agréables; l'Athénien qui, dès fes premières années, règloit tous fes mouvemens fur les fons

B

cadencés & mélodieux de la voix & des inftrumens ; qui dans fon enfance formoit fes yeux au difcernement des plus belles formes en les deffinant lui-même ; qui puifoit fes premières inftructions dans les vers les plus harmonieux de la plus harmonieufe des Langues, & dont l'ame fucceffivement préparée par la jouiffan- ce de chef-d'œuvres de Mufique, de Peinture, de Sculpture & d'Architecture, recevoit au Théâtre l'impreffion fimultanée de tous les Arts combinés & réunis ; l'Athénien dut être, & fut en effet exceffi- vement fenfible au charme de l'éloquence : il abhor- roit les fers de la tyrannie ; mais il voloit au-devant des chaînes de la perfuafion.

Ce Peuple long-temps gouverné par les feuls Poëtes fes Légiflateurs, fes Prêtres & fes Philofophes, s'é- toit fait de la Poéfie une fi forte habitude, que pen- dant plufieurs fiècles on n'auroit pas cru mériter l'attention des Peuples, fi l'on eût affranchi la parole des liens magiques de la verfification. Cependant l'in- térêt qu'avoit chaque Citoyen à faire régner fon opi- nion, l'impoffibilité d'en établir l'empire par d'autres moyens que ceux de la parole, la difficulté de ma- nier à fon gré & d'appliquer avec fuccès un inf- trument auffi difficile & fouvent auffi rébelle que celui de la Poéfie, appelèrent néceffairement une diction plus libre & plus facile. On defcendit à la Profe ; mais on fentit que pour plaire à des oreilles, avides d'une harmonie à laquelle elles étoient depuis fi long-temps accoutumées , il falloit fubfti-tuer une nouvelle cadence , une mélodie nouvelle à celle qui caractérifoit le vers. L'organifation particulière & unique de la Langue Grecque en offrit les moyens , & bientôt la Profe elle-même devint un art foumis à des règles, à des principes prefque auffi certains que ceux de la Poëfie.

Comme il n'y avoit point de mots, point de fyl-labes dans cette Langue , dont l'énergie & les mou-vemens ne fuffent déterminés & connus , l'Orateur ou l'Ecrivain pouvoit rendre l'élocution tout à la fois pittorefque, harmonieufe & cadencée ; c'eft-à-dire , exprimer ou plutôt peindre par les fons l'objet qu'il avoit à rendre, & en même temps précipiter, ralentir , en un mot régler à fon gré tous les mou-vemens de la phrafe. De-là les différentes formes de ftyle, qui furent adaptées aux divers genres de com-pofitions , & dont le mêlange produifit des formes nouvelles ; comme de l'union des couleurs arrangées fur la palette du Peintre fortent de nouvelles cou-leurs.

Cet art fut connu des Latins ; & quoiqu'ils ne l'euffent point créé, quoiqu'il s'en fallût bien qu'ils fuffent doués de cette fenfibilité exquife qui caractérifoit les Grecs, & particulièrement les Athéniens; les richeffes qu'ils empruntèrent, ils furent fe les rendre propres. Imitateurs hardis & heureux, les Latins méritèrent d'être mis au nombre des modèles.

L'un & l'autre Peuple connut & faifit ce point délicat où l'art & la nature fe réuniffent pour s'embellir réciproquement; & les exemples qu'ils donnèrent, les leçons qu'ils prefcrivirent, devinrent la règle éternelle du vrai & du beau. Mais là finit l'obligation de les imiter. Le méchanifme de l'harmonie & des mouvemens de leur Langue eft étranger à la nôtre. L'art de leur élocution eft un art perdu pour nous, & qui ne fauroit renaître que chez un Peuple où fe reproduiroient la même fenfibilité, les mêmes moyens de l'exercer, enfin les mêmes rapports entre la forme du Gouvernement, les mœurs & le langage.

Athènes n'eut pour Souverain que l'Eloquence; & l'art de gouverner les hommes eft aujourd'hui parmi nous un art en quelque forte muet. L'Athénien parloit aux fens; nous nous adreffons à l'efprit. Sa Langue, qui fut l'ouvrage des Poëtes & des Orateurs, c'eft-à-dire d'hommes tout à la fois efclaves & tyrans de l'imagination, naquit & s'accrut par degrés avec les idées qu'elle avoit à exprimer. La nôtre, formée au hafard, fans unité, fans deffein, ne s'eft perfectionnée que du moment où s'est levé le jour calme & pur d'une Philosophie toute de raisonnement. La phrase grecque pouvoit se mouvoir en tout sens ; la nôtre est le plus souvent condamnée à ne parcourir qu'une même ligne. Enfin, comme la puissance & la majesté appartenoient essentiellement au Peuple d'Athènes, les mots étoient préservés de l'avilissement où les entraîne l'usage qu'en fait la multitude assujettie & grossière.

Mais quoi ! n'avons-nous fait que des pertes ? Aurois-je donc oublié que je parle dans un lieu où se fit entendre la voix des Fenelon, des Bossuet, des Racine, des Despreaux, des Flechier, des Massillon ; que je parle devant vous, Messieurs, devant les Maîtres & les modérateurs d'une Langue qui règne aujourd'hui sur l'Europe, & dont vos Ouvrages éterniseront l'empire ? Ah ! loin de moi cet enthousiasme exclusif & aveugle pour l'Antiquité. Quel sentiment pénible & injuste que celui de l'admiration pour les chef-d'œuvres immortels des Grecs & des Romains, s'il ne servoit à nous rendre plus sensibles aux beautés de tous les genres dont brillent les Ouvrages de nos grands Ecrivains ! Non, je ne croirai jamais qu'un François qui ne lit pas avec transport les vers de Racine, soit digne de sentir l'harmonie des vers d'Homère.

N'envions point aux Anciens des avantages que

nous ne pourrions obtenir qu'en nous privant de ceux dont nous jouissons. Notre Langue a des richesses qui lui sont propres ; sachons en profiter, & tâchons de les étendre ; mais gardons - nous. de détourner, de violenter sa marche, & ne la conduisons à la perfection qu'en étudiant son caractère, qu'en suivant la direction du principe qui l'anime.

L'art de la parole est, comme tous les arts, le produit du besoin & de l'intérêt général. La forme du Gouvernement & la nature des mœurs ont déterminé le caractère & le génie de toutes les Langues.

Dans une Démocratie, où l'éloquence peut tout sur la multitude de qui tout dépend, les artifices du langage ont dû avoir pour but d'ébranler l'imagination, de flatter les sens, d'enflammer les passions du Peuple. Dans une Monarchie, où règnent des intérêts & des besoins divers, ce principe caché, mais puissant, qui forme les mœurs & les usages des Nations, doit imprimer au langage une autre direction, un tout autre caractère.

Sous cette forme de gouvernement, les citoyens étant divisés en classes distinctes & subordonnées, il se fait un effort continuel & réciproque de la part des classes inférieures pour s'élever vers les premières, & de la part des premières pour repousser les inférieures. Ainsi l'on y voit le Peuple toujours prêt à imiter & le langage & les mœurs des Grands, pendant que ceux-ci, par un mouvement contraire, s'efforçant toujours de fe diftinguer, affeétent de rejeter de leur langage les expreffions & les tournures devenues trop familières au Peuple.

Entretenue dans une fluétuation continuelle par cette tendance & cette réaétion des efprits, la Langue finiroit par s'appauvrir ou par fe deffécher en fe poliffant, fi les Gens de Lettres & les bons Ouvrages ne concouroient à la fixer & à l'enrichir.

La Langue Grecque, formée par le Peuple & pour le Peuple, devoit être l'organe de l'imagination, des paffions ; notre Langue, formée par les Gens du monde & les Gens de Lettres, a dû être l'organe de l'efprit & de la raifon.

Qu'étoient les Athéniens? Un Peuple d'Auditeurs & d'Enthoufiaftes. Que fommes-nous aujourd'hui ? Un Peuple de Leéteurs tranquilles & réfléchis. Voilà le véritable principe de la diftance qu'il y a du caraétère de la Langue Grecque au caraétère de la nôtre.

Tranfportons-nous à Athènes ; nous y verrons le Poëte, l'Orateur, l'Hiftorien, le Philofophe même, réciter leurs compofitions à des Hommes affemblés ; à des Hommes dont les fens & l'imagination étoient fans ceffe exercés & toujours infatiables ; à des Hommes qui pardonnoient tout à celui qui favoit charmer leurs oreilles. Un trait d'éloquence ou de poësie venoit - il s'offrir à leur mémoire, les idées ou les images qui s'y trouvoient exprimées, ne se réveilloient dans leur esprit que revêtues des sons, des accens qui les avoient animées. C'est ainsi qu'en nous rappelant des vers embellis par une musique qui nous est familière, nous nous rappelons toujours & en même temps le chant dont ces vers sont accompagnés.

Le Gouvernement, les mœurs, les opinions, tout a changé; on ne parle plus au Peuple assemblé; on ne le gouverne plus par l'éloquence. Ce n'est que dans le silence du cabinet qu'on juge des compositions littéraires; on lit tranquillement l'ouvrage du Poëte & de l'Orateur comme celui du Philosophe.

Pour peu qu'on réfléchisse sur la manière dont naissent, se modifient & se pénètrent les sensations & les idées, on concevra sans peine la prodigieuse différence qui se trouve dans les impressions qu'on reçoit par un sens ou par un autre. Le sens de l'ouïe, délicat & sensible, ne peut être ébranlé sans douleur ou sans plaisir; celui de la vue est pour ainsi dire impassible, & semble n'être destiné qu'à transmettre paisiblement à l'ame l'image des objets dont il est frappé. J'appelerois volontiers l'ouïe le sens de l'ame & des passions, & la vue le sens de l'esprit &

de

de la raifon. Il y a entre les idées qui nous font tranf-
mifes par les oreilles ou par les yeux, à peu près la
même différence qu'entre des objets apperçus au tra-
vers des flots d'une onde agitée, ou réfléchis par le
criftal uni d'une eau pure & tranquille. Eh! qui de
nous n'a pas éprouvé que le même Drame qui nous
enchantoit, s'il retentiffoit à nos oreilles animé par
les accens d'une voix tendre & mélodieufe, ou par
une déclamation véhémente & paffionnée, n'étoit,
lorfque nous le foumettions à la lecture, qu'un
ouvrage froid, infipide, fouvent plein de défauts
que la magie des fons avoit fait difparoître?

Combien donc fe trompèrent ceux de nos Ecrivains qui tentèrent de tranfporter dans notre Langue les formes & les combinaifons grecques & la-
tines! Familiarifés avec les Langues anciennes, ils
crurent que l'art de la parole devoit avoir les mêmes
principes dans tous les temps & dans tous les lieux.
Ils fentirent les befoins de la Langue; mais ils fe mé-
prirent fur les moyens d'y fuppléer.

Ce ne fut que vers le commencement du fiècle
dernier, quand la France trop long-temps agitée vint
enfin à refpirer, quand la paix ranima le goût des
Lettres & des Arts, que la Langue, en fuivant les
progrès des mœurs, commença à prendre de la con-
fiftance.

C

Un Philofophe affis aujourd'hui parmi vous (*),
MESSIEURS, a fait voir combien les progrès de l'efprit
humain tiennent aux progrès des Langues. En effet,
lors de la renaiffance des Lettres, quels obftacles nos
Ecrivains ne rencontrèrent-ils pas dans l'imperfection
du langage? Une foule de mots dont l'origine avoit
difparu, ou dont l'acception étoit incertaine & déna-
turée; une fyntaxe fans principes, fans analogie; une
profodie vague & indéterminée; la prononciation
même abandonnée au hafard ou au caprice; tout nui-
foit également & à l'harmonie du difcours, & à la
précifion des idées; tout faifoit fentir la néceffité de
donner à notre idiome une forme fixe, & de le foumettre à des procédés réguliers : ce fut auffi vers
ce but que fe dirigèrent principalement les efforts
des Gens de Lettres.

Il étoit réfervé à Pafcal & à Racine de deviner
le fecret de notre Langue; il étoit réfervé à l'Académie Françoife d'en fixer le caractère. Un établif-
fement de ce genre n'auroit pu fe former fans doute
ni dans Athènes, ni dans Rome. Il n'y avoit point
de Puiffance fur la terre à laquelle des Peuples libres
euffent confenti à foumettre leur langage. Dans notre
Gouvernement même, ce n'étoit point à l'autorité,

_____

(*) M. l'Abbé de Condillac, *Origine des connoiffances humaines.*

mais au goût & à la raifon ; qu'il appartenoit de donner des loix à l'inftrument de nos idées. Il falloit diriger les efprits, fans paroître vouloir les foumettre. Il falloit épurer, ordonner, fixer le fyftême entier de la Langue ; diftinguer, dans l'adoption des termes, le caprice d'avec l'ufage ; fe régler fur l'analogie, fur l'oreille & fur le goût, pour rejeter ou pour admettre les mots qui s'introduifoient dans le monde & dans les livres.

Ce travail ne pouvoit convenir qu'à un Corps compofé d'Hommes, choifis dans tous les Ordres de la Société. C'eft ce que fentit votre immortel Fondateur, & la forme qu'il donna à l'Académie eft un des plus grands fervices qu'un Homme d'Etat pût rendre à la Littérature Françoife.

Le Cardinal de Richelieu aimoit & cultivoit les Lettres ; il s'honora d'en être le Protecteur ; & quand il ne les auroit pas encouragées pour elles-mêmes, il l'eût fait encore pour l'intérêt de fon ambition & pour fa propre gloire.

Après ces longues fecouffes de guerres civiles ; qui donnèrent aux ames tant de reffort & d'énergie, il y avoit encore dans la Nation un germe d'inquiétude qu'il étoit important de fixer. Richelieu vit d'une part, qu'il falloit offrir à des ames ardentes un aliment capable d'exercer leur activité ; &

de l'autre, que le goût des Lettres, incompatible avec l'efprit de faction, eft néceffairement ami de l'ordre, de la paix & des loix. En humiliant un parti encore nombreux & formidable, & en retirant des mains de la Nobleffe un pouvoir ufurpé dont elle abufoit, pour concentrer toute la force publique dans les mains du Monarque, il fentit qu'il étoit néceffaire de tranquillifer les efprits, qu'alarment & qu'effarouchent toutes les innovations ; qu'il falloit chercher à diriger l'opinion publique, que la puiffance ne fubjugue jamais & ne doit jamais dédaigner, & que le moyen le plus propre à la captiver, étoit d'intéreffer à fes vues cette claffe d'Hommes fages, inftruits, paifibles obfervateurs des événemens & de leurs caufes, qui finiffent toujours par donner le ton à leur fiècle, & leurs opinions à la poftérité.

Séguier mérita de fuccéder à Richelieu. Enfin Louis XIV régna. Ce Monarque vivement frappé de tout ce qui portoit le caractère de la grandeur, fentit qu'une Nation n'eft véritablement grande que par la fupériorité des lumières. Il fut trop jaloux de la gloire, il en connut trop bien le prix, pour laiffer à un de fes Sujets l'honneur de protéger des Hommes à qui feuls il eft donné de la répandre & de l'éternifer. Louis XIV vous raffembla dans fon propre Palais, & voulut devenir lui-même votre Protecteur. Le nouvel éclat que cette diſtinction réfléchit ſur l'Académie, parut l'animer d'un nouveau feu; tous les eſprits exaltés par les merveilles de ce Règne, prirent un eſſor extraordinaire.

Alors on vit éclore à la fois & les plus grandes actions, & les plus beaux Ouvrages. La Langue ſuivit les progrès des idées, & ſe revêtit de tous les caractères que voulut lui imprimer le génie. Cette Langue, maniée par la Nation la plus ſociable de la terre, épurée par une Cour galante & polie, enrichie & perfectionnée par des Poëtes, des Orateurs & des Philoſophes, dut acquérir de l'élégance, de la ſoupleſſe, de la grâce & de la clarté; elle dut être féconde en termes, propres à exprimer les développemens du cœur humain, les détails des mœurs, & tous les objets qui occupent la Société. Cette politeſſe, peut-être exceſſivement délicate, qui proſcrit de la converſation les geſtes trop prononcés, les tons de voix trop élevés & trop forts, dut proſcrire auſſi de la Langue les mouvemens trop impétueux, les figures trop hardies; mais l'imagination & le ſentiment ſavent ſe produire ſans cet appareil extérieur. Nous avons des modèles d'éloquence de tous les genres; ce n'eſt pas, il eſt vrai, de cette éloquence artificielle & méchanique, qui, chez les Grecs & les Romains, réfultoit de l'emploi de mots dont tous les élémens étoient foumis à des tons & à des mouvemens déterminés & invariables. Notre Langue, prefque dénuée de quantité, d'accens & d'inverfions, eft privée de ces reffources ; mais nos compofitions n'en portent que davantage l'empreinte de l'ame & du génie de l'Ecrivain.

Un langage, exact dans fes définitions & fes mots, & fimple dans fes tours, eft l'inftrument le plus propre à affermir la marche de la raifon. La Philofophie a été perfectionnée par le caractère même de notre Langue ; & notre Langue à fon tour a dû de nouvelles richeffes à la Philofophie.

Les progrès réciproques des lumières & de la fociabilité ayant rendu le goût des Lettres plus univerfel & plus populaire, on s'eft attaché à écrire pour tous les ordres de Lecteurs ; on a ambitionné le fuffrage de tous fes Juges, & lors même qu'on s'eft propofé d'inftruire, on a cherché à intéreffer & à plaire.

La Poëfie peut-être n'a pas été fi heureufe. Un goût plus févère a ralenti les élans de l'imagination, & amorti l'enthoufiafme du Poëte. Les efprits attirés par des objets plus férieux, font devenus moins fenfibles au plus aimable des Arts. Tel eft le deſtin des peuples ainſi que des individus, ce n'eſt qu'aux dépens de l'imagination & des ſens que la raiſon s'éclaire & ſe fortifie. Mais nous avons trouvé des dédommagemens à nos pertes. La Proſe a pris un eſſor plus hardi, & franchiſſant l'intervalle qui la ſéparoit du langage poëtique, elle s'eſt emparée avec ſuccès des images, des figures, des mouvemens qui ne ſembloient réſervés qu'à la Poëſie. C'eſt là, ce me ſemble, un des caractères les plus frappans des productions de nos grands Ecrivains dans ce ſiècle de lumières; ſiècle qui formera dans l'Hiſtoire de l'eſprit humain une époque auſſi brillante que celui de Louis XIV.

Pourrions-nous, MESSIEURS, nous retracer le tableau de nos acquiſitions & de nos richeſſes, ſans tourner des regards reconnoiſſans vers votre auguſte Protecteur ? L'Académie n'oubliera jamais ce jour ſi glorieux pour elle, où ce Monarque, à peine aſſis ſur le Trône, vint préſider à une de ſes Aſſemblées. Préſage heureux de la bienveillance particulière dont il vous a conſtamment honorés !

Les progrès de la raiſon chez un Peuple ſont le plus bel éloge du Souverain. Les Ouvrages dont vous avez enrichi, MESSIEURS, la Philoſophie & les Lettres, ſont autant de trophées élevés à la gloire de Louis XV. Je ne célébrerai ni ſes vertus, ni les glorieux événemens de son Règne; ma foible voix ne répétera point des louanges dont ces murs ont retenti cent fois ; mais qu'il me foit permis de rendre hommage à fon amour pour la paix , la première vertu des Rois. Si nous avons échappé aux calamités de la guerre , c'eſt à Louis que nous le devons.

Heureuſe cette Compagnie , d'avoir pour Protecteur le bienfaiteur de l'Europe !

Réponſe

Réponse de M. DE CHATEAUBRUN au Discours de M. l'Abbé ARNAUD.

MONSIEUR,

VOUS avez donné il y a quelque temps au Public. des *Variétés Littéraires*, mélange curieux, auſſi amuſant qu'inſtructif. C'eſt le jardin des Muſes, ſi je puis le nommer ainſi ; on y trouve des fleurs dont le coloris eſt immortel ; des fruits qui flattent le goût, & qui nourriſſent agréablement l'eſprit & la raiſon.

Mais me trompé - je, MONSIEUR ? Eſt - ce un preſtige qui m'a ſéduit ? Eſt - ce la vérité qui m'éclaire ? En nous parlant de l'élocution, n'avez - vous pas joint l'exemple au précepte ? Votre ſtyle m'a ſingulièrement affecté. Il eſt par - tout noble & ſoutenu ; il eſt figuré, mais il eſt clair. Il à le ton de la Poëſie, mais il en a la douce harmonie. Vos épithètes n'y ſont point oiſives, elles enrichiſſent toujours le mot qui les appelle. Vos images ne ſont point de ſimples reſſemblances ; c'eſt l'objet même que vous peignez. Oui, MONSIEUR, en entrant à l'Académie, vous y apportez la perfection du langage que communément on vient y chercher. Combien en

D

aurois-je befoin, Messieurs, dans la circonſtance
où je me trouve ! Je dois, & je vais vous tracer fuc-
cinctement l'éloge d'un Confrère très-regreté. Pardonnez, Messieurs, à ma vieilleſſe, ſi les foibles
accens de ma voix ne répondent pas à mes déſirs.

M. de Mairan, dont la mémoire nous fera toujours
chère, étoit homme de condition; il en avoit tous
les fentimens; il les cultiva par une excellente édu-
cation, & par un goût décidé pour l'étude. Né Géo-
mètre comme Pafcal, il en avoit la juſteſſe d'eſprit,
la préciſion, la profondeur, l'élévation. Il écrivit
de bonne heure, & fes Eſſais furent des chef-d'œuvres. Il marcha à pas de Géant dans les Sciences abſ-
traites, & plana plus d'une fois à la fuite de Deſ-
cartes & de Newton. M. de Mairan fut un homme
célèbre dans un âge où les meilleurs eſprits s'effor-
cent de le devenir. Delà l'empreſſement de l'Europe
fàvante à le connoître, à le confulter; delà les Académies les plus renommées lui ouvrirent leurs fanc-
tuaires, & l'appelèrent au partage de leur gloire &
de leurs travaux.

De quelque genre de littérature dont chacune de
ces Académies s'occupât, le génie vàſte & facile de
M. de Mairan faifoit face à tout. Dans ce commerce
de richeſſes littéraires, combien de fecrets arrachés
à la nature ! Quelle maſſe de lumière ne réfulta pas
d'un ſi noble travail !

Son Ouvrage fur l'Aurore boréale lui procura, principalement dans le Nord, autant d'admirateurs que de lecteurs : il en développe les caufes véritables & les phénomènes fi variés. Delà, fans perdre fon objet de vue, il remonte aux temps héroïques; il devient l'interprète ingénieux des rêves fublimes d'Homère; il le fuit fur le Mont Olympe ; il conftruit avec lui dans cette Aurore lumineufe les Palais brillans des Déeffes & des Dieux. Dans le Nord, Phyficien exact & profond ; fur l'Olympe & avec Homère, Mythologifte plein d'agrément.

Mais bientôt fon génie donne à fa phyfique une plus grande étendue. Dans fon Traité de la Glace, par la voie de la congelation & du dégel, il analyfe tous les corps, il en pénètre la nature, il en compofe l'univers. Il laiffe à la raifon humaine tous fes droits, il n'en condamne que les abus.

Suivez-le fous un autre hémifphère. Lifez fes correfpondances avec l'Empire des Chinois. Obfervateur pénétrant, mais Hiftorien toujours fincère, il les juge en homme impartial. Voyez avec quelle modeftie il interroge, avec quelle adreffe il inftruit. Ses doutes font des preuves, fes conjectures font des démonftrations. Rien n'échappe à fon ardente curiofité ; ni la mefure de leur capacité pour les fciences, ni les découvertes qu'ils y ont faites, ni les préjugés dont ils font nourris, ni les principes de leur Gouvernement : il perce l'obfcurité des temps, il recherche leur origine ténébreufe, & ramène leur chronologie aux bornes où ils doivent la renfermer.

Mais pourquoi chercher M. de Mairan fi loin de nos regards ? Voyons-le de plus près pour en connoître mieux le prix : voyons-le dans l'Académie des Sciences, fuccéder à l'emploi de M. de Fontenelle, & le remplir avec éclat.

Quel nom à prononcer dans la Littérature, MESSIEURS, que celui de Fontenelle ! Fontenelle l'ami des grâces, l'organe de la raifon, dont les Ouvrages font le dépôt de l'efprit, fi j'ofe ainfi le dire. Tous deux grands Peintres, tous deux également fages dans le deffein, il y avoit quelque différence dans la manière. Le pinceau de M. de Fontenelle étoit délicat, la touche de M. de Mairan plus auftère. Mais arrêtons-nous, MESSIEURS ; c'eft avoir fini l'éloge de ces deux Hommes rares, que de les avoir comparés.